Alexis RICHERT

Le coût d'une vie

Histoire d'un confinement

Edition : BoD – Books on Demand

12/14 rond-point des Champs-Elysées, 75008 Paris

Impression : Books on Demand GmbH

Norderstedt, Allemagne

ISBN : 9782322274994

Dépôt légal : janvier 2021

Prologue

Trois heures du matin, je me trouvais là, seul, dans cette grange baignée encore par l'air chaud et sec de cette journée d'été. Le calme de la nuit avait à présent envahi l'atmosphère, quelques bruissements d'ailes me tenaient une compagnie éphémère, frôlant ma lampe et diffusant çà et là les larges ombres de papillons et d'insectes dont la courte vie dépendait du vol furtif et magique d'une chauve-souris, sentence inéluctable, rapide et silencieuse. Improbable nature, si belle et si cruelle, que je regardai brièvement avec fascination en constatant combien je n'étais aussi qu'un point dans ce grand dessein de notre Terre. Le ciel s'était parsemé d'étoiles, petits points brillants et chaleureux placés dans cette immensité comme autant d'appels au voyage et à la découverte de nouveaux univers, invitant à rechercher plus activement les moyens de s'affranchir de ce monde déjà trop connu. Je m'évadai un instant dans ces rêveries de conquêtes où tout était encore à faire, puis me ressaisissant, je repris mes préparatifs. J'étais décidé, j'avais mûri mon projet à la lueur des événements de ces derniers mois, de ces années faites de bonheurs fractionnés, entrecoupés par des périodes d'ombre plus ou moins sombres. Ma vie n'avait pas été lisse, tout au contraire, les aspérités, comme la langue d'une râpe, avaient usé la longue traîne que je déroulais à chacun de mes pas et les lambeaux de tissus s'envolaient par fragments, souvenirs que le temps emportait et parfois me rendait après avoir joué à les faire virevolter en tourbillons de nostalgie, en me laissant aux prises avec la froidure de mon dénuement et les quolibets de mes semblables. Le besoin d'un grand changement était devenu impérieux, et il ne supportait plus le moindre contre-temps. Je jetai un œil à gauche, dans cette large construction de poutres et de planches, et je vis mon fidèle destrier d'acier, stationné dans l'attente d'un ordre, d'une impulsion, pour me porter à côté ou à cent lieues, suivant mes désirs, en compagnon de route infatigable. J'aimais ces échappées libres, la vitesse, la maîtrise des courbes, le crissement sur les gravillons, ces plaisirs que nous vivions égoïstement ensemble. Il m'avait accompagné plus d'une fois dans des retraites ou des victoires, c'était aussi des pages de ma vie que je tournai une fois encore avec la tendresse d'une époque passée dont on garde quelques regrets. Oui, il était temps de rompre cette chaîne avant que la force me vînt à manquer. Il fallait maintenant réaliser pleinement cette nouvelle entreprise et se donner à sa réussite.

Dans un dernier regard en arrière, je me remis alors un court moment à penser à toutes ces semaines qui aboutirent à cette décision.

Chapitre 1

Au commencement

Tout avait débuté en ce mois de mars, ou un peu avant, mais la date était imprécise et les querelles d'experts déjà nombreuses. J'avais quarante-neuf ans. Père divorcé à la suite d'un mariage dont il ne restait plus que des scories froides et coupantes, me blessant encore quand par mégarde je m'aventurais à ressasser ce passé, j'avais tout de même refait ma vie – usant ainsi de cette expression galvaudée et au sens illusoire tant il est improbable que l'on puisse se détacher irrémédiablement d'un amour fusionnel au point qu'on lui ait donné par le mariage un sacrement aux yeux de tous et surtout de soi-même - et je vivais à présent entre les ombres du passé et l'amour d'Anaïs.

Après avoir travaillé quelques années pour un grand groupe, je m'étais établi à mon compte. J'avais longtemps rêvé d'être mon seul maître et de connaître l'indépendance. C'était évidemment un travail dévorant mes journées, avec une multitude de tâches, mais je le trouvais plus valorisant et intellectuellement enrichissant en me laissant une liberté et des responsabilités conséquentes. J'avais repris, et je tenais, un petit magasin de vêtements pour hommes en centre-ville, à l'angle de la rue Camille Desmoulins et du Boulevard Pierre Mendes-France, vendant plutôt des articles de milieu de gamme. C'était une affaire qui vivait surtout d'une clientèle déjà d'un certain âge recherchant la qualité, le classicisme et une proximité rassurante avec leur commerçant. J'aimais ce rôle de conseiller empathique m'enquérant toujours des petits maux de mes acheteurs les plus fidèles, usant d'un ton presque obséquieux leur donnant ainsi une importance les valorisant. J'étais à leur service et ils appréciaient ce sentiment presque désuet, renaissant ainsi, de l'intimité que l'on forge avec sa domesticité. Dans cet ordre ancestral, ma modeste boutique devait toutefois compter avec la concurrence toujours accrue des franchisés appartenant à de puissants groupes ayant les moyens de jouer sur les prix et sur la publicité, ainsi que sur une population de plus en plus mobile, pouvant facilement se déplacer dans les grandes zones commerciales installées en périphérie, dans ces hangars sans charme mais tellement plus pratiques pour flâner entre les portants et les commodes de marchandises. Tout y était prévu pour agrémenter la journée du quidam qui n'avait que l'embarras du choix parmi les chaînes de restauration, les commerces de décoration d'intérieur, les animaleries et jardineries, les supermarchés et tant d'autres lieux de dépenses. Face à une telle concurrence, si bien ordonnée, si bien pensée pour entrer en bataille, comme nombres de confrères je réussissais à me maintenir à flot à force d'efforts et d'inventivité, mais sans pour autant connaitre le luxe de rémunérations attractives. Le climat des affaires s'était également nettement dégradé en centre-ville cette année, à la suite des manifestions incessantes contre les projets gouvernementaux et d'un climat social délétère qui pesait sur les achats non urgents. L'avenir semblait moins certain dans ce contexte. C'est alors que le Covid-19 toucha le monde, bondissant par avion, glissant par bateau de pays en pays grâce aux voyages et aux transports internationaux.

Depuis deux mois déjà la peur grandissait partout, et en France également, mais les premières semaines le pays semblait avoir su garder une distance avec des mesures restrictives sévères telles que connaissaient l'Italie et l'Espagne, nos proches voisins. Les ministres n'avaient pas semblé juger la situation critique, ayant laissé les frontières ouvertes, et parlant d'un virus proche d'une grippe hivernale. Je m'en félicitais et je m'accrochais à ce mince espoir que les gens continueraient à vivre presque normalement, à consommer, à dépenser, sans doute un peu moins, mais en gardant ce recul sur les évènements. Certes cela pèserait sur les affaires, mais nous ferions avec, en étant précautionneux et attentifs encore plus qu'avant. Puis nous étions une petite union de commerçants, nous nous épaulerions en organisant des évènements festifs, nous nous serrerions les coudes en démarchant la mairie. Ainsi, chaque jour je menais mon travail avec cet espoir chevillé a l'âme.

Chapitre 2

Un coup de tonnerre

Ce samedi 14 mars, il était 20h30 quand j'allumai machinalement la télévision pour écouter vaguement les informations et donner un fond sonore pendant que je jetais un œil à une revue touristique. Entre deux lignes, d'un seul coup, mon attention fut captée par la terrible nouvelle. Un coup de tonnerre dans la quiétude de cette soirée ! Les magasins allaient être fermés jusqu'à nouvel ordre, du moins tous ceux qui n'étaient pas jugés indispensables à la population, c'est-à-dire le mien et nombre de ceux qui animaient notre belle cité ! Fermés donc sans clientèle possible ! Je n'en revenais pas. Tout s'était précipité en à peine quatre ou cinq jours, montrant un affolement de la part de l'exécutif qui devait craindre les reproches d'une partie de la population à ne pas avoir agi comme d'autres pays. Pourtant, je me souvenais encore très bien de mots du Président le 6 mars, incitant les Français à ne pas modifier leurs habitudes de sortie alors qu'il assistait à une pièce de théâtre le soir même. Et puis il y avait eu ce match de football maintenu, les élections qui devaient se tenir malgré tout, autant de contre-sens au discours affolé de cette triste soirée, et qui ne laissaient surtout pas présager de cette décision. Mais ce soir, oui ce soir, c'était un emballement incroyable, où l'on sentait le manque de maîtrise, l'amateurisme dans une communication incomplète. Nous étions pris en tenaille entre une atmosphère de panique dans l'exécutif insufflant ces restrictions et des ministres se voulant pourtant rassurants, nous souhaitant presque naïfs quant à la situation. La fermeture serait effective, mais sans vouloir donner de date butoir et en réévaluant la situation régulièrement il était possible de penser que ce ne serait pas trop longuement, tout comme il semblait vain de croire que cela serait de courte durée.

Aussitôt, j'expliquai le problème à Anaïs. J'avais refait ma vie avec elle depuis quatre ans. Elle avait trente-huit ans, jolie grande brune, institutrice, sans enfant - non qu'elle n'en eût pas voulu mais un coup du sort faisait que cela lui était impossible - montrant d'ailleurs de cette absence une certaine tristesse dans les jours de doute et peut-être était-ce alors mon âge qui lui apportait un certain réconfort, car je ne souhaitais résolument pas être à nouveau père. Mon fils déjà adulte, habitait en Asie et ne venait que très rarement. La distance estompait des liens que je n'étais de toute façon guère doué à resserrer, et il me semblait bien naturel qu'il fût meilleur complice avec sa mère dont je n'avais plus aucune nouvelle, bien que je pensasse encore souvent à elle. Ainsi, me satisfaisant par lassitude et désillusion de cette situation, je m'imposais volontairement un silence quant à celle-ci, épargnant de fait à Anaïs la douleur de côtoyer ma descendance alors qu'elle-même en était privée, et j'organisais la vie autour de notre seul couple, tant pour elle que pour mieux oublier. M'ouvrir à elle sur les craintes que suscita cette annonce faisait partie de cette complicité entre nous, et, sans doute par insouciance et parce que je ne semblai pas inquiet même en lui indiquant que cela pèserait sur mes revenus, elle sut tout de suite être également rassurante. Son traitement, puisqu'elle était fonctionnaire, continuerait à être réglé avec une régularité de métronome.

Elle avait sans doute raison. Elle enseignait en école primaire et était déjà en arrêt en raison de cette épidémie. Evidemment, elle n'avait que la mission de maintenir une certaine continuité des cours et c'était pour elle comme une sorte de longue période de vacances, lui rappelant par ce beau temps ses habitudes des mois de juillet ou aout. Elle marqua même, à l'annonce que je lui fis, une sorte de plaisir en constatant que j'allais être présent à la maison. Elle y vit instantanément la possibilité de se retrouver en amoureux, alors même que ses journées sans moi lui paraissaient trop longues, songeant à cette belle opportunité pour s'accorder un peu plus de complicité. Il était vrai que vue ainsi la situation sembla peu catastrophique. Sous la caresse de ses mots tendres j'en avais déjà presque oublié une partie essentielle du cynisme de cette allocution, là où il fut en réalité convenu d'une réévaluation périodique des risques. Or, il eut suffi de regarder la situation de nos voisins italiens pour comprendre que nous n'étions qu'aux prémices d'un long chemin de restrictions. Et tout à l'optimisme et à la joie de ma douce compagne, je l'attirais près de moi pour l'embrasser. Elle était déjà en nuisette et je senti son corps se serrer contre le mien, laissant place aux plaisirs charnels pendant qu'elle détachait déjà les boutons de ma chemise. Elle savait être entreprenante, sans aucune timidité ni retenue, nous emmenant dans des jeux débridés que nous faisions durer longuement jusqu'à être suffisamment fatigués pour nous laisser gagner par le sommeil, le temps d'une sieste ou d'une nuit, lovés l'un contre l'autre. Ainsi ces congés forcés débutèrent sous les meilleurs hospices.

Le dimanche nous pique-niquâmes et nous nous promenâmes tranquillement le long du canal, observant un canard, profitant de l'ombre d'un arbre pour nous délasser, sans nous soucier de l'avenir, sans voter non plus puisque le sort de notre petit village était déjà scellé par une liste unique. Nous y avions acheté une jolie fermette, rénovée avec soin, et le calme de la campagne rompait ainsi avec le brouhaha des rues passantes, des boutiques, cafés et restaurants, qui animait mes longues journées de labeur. Bien sûr les résultats des élections m'intéressaient pour notre capitale départementale, mais je conservais précieusement mes opinions pour moi, en pensant que le principal était de pouvoir s'entendre avec un maire qui sache dans l'adversité pencher en faveur des petits commerces, dans une sorte de longue continuité entre volonté d'attirer les touristes et développement des animations pour les fêtes et les périodes de soldes. Ce n'était pas le parti politique qui comptait mais la personnalité de l'élu, sa proximité avec nous autres, dans ces municipales. Et ce jour-ci, les querelles animées des plateaux télévisés me semblèrent étrangères, rejetées par les sensations contraires qu'étaient la peur sourde, orageuse, de l'avenir dans une dégradation certaine du climat économique - on sentait cette atmosphère d'angoisse pressant le gouvernement d'agir plus fort encore et plus rapidement - et une forme de déni en dilettante qui me poussa surtout à profiter de cette belle soirée de farniente en envisageant déjà comment meubler ce temps par les loisirs simples que pouvaient offrir mon intérieur et mon jardin, ou bien encore les belles promenades dans la région, entre lacs et forêts. Il y avait cette forme enfantine d'une imagination chargée de promesses merveilleuses, de lieux magiques, pour s'évader loin d'un avenir réel certainement plus sombre et brutal. Dans cette recherche des songes radieux, mes sens en alerte n'avaient pas tort et tentaient par quelques inventions de me protéger encore un peu, de m'offrir l'insouciance avant les drames comme un ultime repos avant l'âpreté du combat. Le mot combat fut d'ailleurs celui sous- entendu dès le lendemain par le Président de la République, qui, se rêvant chef de guerre nous embarquait à l'assaut du Coronavirus en nous calfeutrant dans un isolement forcé où justement nous n'aurions point à le côtoyer, et finalement s'il n'avait plus de cible, le territoire lui appartenait. Drôle de guerre qui débutait par un repli. Nous étions donc confinés pour 15 jours renouvelables, quinze jours où notre combat allait être en réalité de s'occuper sans sortir, de vivre en famille en supportant une promiscuité continue, ou de vivre seul en supportant une solitude complète. Nos attaques seraient tournées contre notre ennui, nos désirs, nos pulsions, nos angoisses face au vide se dressant devant nous, et éventuellement contre la peur d'une maladie dont, pour frapper les esprits trop évaporés aux yeux du gouvernement, on commença à nous abrutir à coups de chiffres dits et répétés avec la gravité de l'appel aux morts lors des commémorations de la Grande Guerre. A cet instant, cette liberté si naturelle d'aller et venir à notre guise, de sortir, de voir tel ou tel monument, de rencontrer nos amis, s'effondra. Il me sembla, dans une vision d'angoisse, que le monde rapetissait au point de ne se résumer qu'à notre jardin alors que dans mon esprit s'ouvrit, sous le défilement des lieux que j'affectionnais tant, un gouffre qui engloutissait arbres et pierres avec une tristesse lourde de la nostalgie d'un passé pourtant si proche encore. Je ressentis cette peine lancinante d'un monde que je ne reverrais peut-être plus jamais, non que ce fut de mon ressort, mais par la décision de gouvernants pour lesquels je n'étais pas plus qu'un numéro administratif. Il y avait là tout l'arbitraire d'un emprisonnement ne correspondant à aucun crime, une mise en résidence surveillée pour notre sécurité sans même avoir pris la peine d'un jugement contradictoire. Je repensai à ces quelques mots qui avaient justifié tant de sentences hâtives, de massacres et de privations : « Au nom du peuple », et me dis que là aussi ils seraient bien utiles pour qualifier cette réclusion. Je ne m'étais pas imaginé des vacances aussi dramatiquement vides de voyages à errer entre un canapé et une chaise-longue, avec pour seule soupape une promenade autorisée d'une heure par jour. Le huis-clos qui s'annonçait me plongea dans un état pensif sombre, alors que la joie d'Anaïs commença à se ternir en apprenant combien ce qu'elle avait espéré être des heures de loisir, à sortir, voir ses amies quelques après-midi ou les recevoir à goûter, prenait l'aspect d'une punition. Toutefois ce fut elle qui la première sut trouver les mots pour briser le silence oppressant qui s'était abattu dans notre séjour. Rassurante, elle me dit tout simplement que nous n'aurions qu'à passer notre temps entre grasse-matinées et amour en réinventant la vie à deux pour qu'elle soit pleine de plaisirs. Je sentis là son côté entreprenant et inventif d'ordre purement charnel, et il est vrai que cela me fit sourire car nous nous accordions bien volontiers dans ces vices pour lesquels trop souvent le temps nous manquait.

Chapitre 3

Un long isolement

Le choc digéré, nos premiers jours de confinement se déroulèrent divinement bien. Je retrouvais, dans nos journées passées au lit en ne nous souciant de rien, nos tendresses du début, augmentées de la connaissance que nous avions l'un de l'autre pour pousser nos étreintes et nos jeux à leur paroxysme. L'abandon qu'elle faisait de son corps me permettait toutes les audaces en le redécouvrant chaque fois un peu mieux, elle était insatiable et d'une malice enivrante. Pour la première fois il me sembla que le temps n'existait plus, il ne comptait plus puisqu'il nous avait été confisqué, et chaque heure pouvait ressembler à la suivante, marquée uniquement par les pauses que nous imposaient des grignotages rapides, un apéritif, un cocktail bu allongés, et quand enfin nous étions repus, comblés de ces jouissances, le sommeil nous prenait pour quelques heures.

Mais comme toutes douces parenthèses, celle-ci devait aussi se refermer. Les désirs trop assouvis finissant par apporter une certaine lassitude, ils ne sont plus alors désirs mais banalités et mêmes parfois contraintes - quand d'autres activités nous appellent – et nous nous trouvons de nouvelles obligations, des excuses, pour quitter ces envies usées et qui vont gagner les souvenirs que nous exhumeront, ravivées involontairement au détour d'une pensée, d'un mot, d'une image, plusieurs mois ou années après avec une tristesse nostalgique de ne pas en avoir profité plus encore et l'amertume de ne plus jamais le pouvoir. Nous quittons volontairement ce que nous avons tant apprécié en sachant que nous aurons des regrets plus tard de ne pas avoir prolongé ces moments. Mais n'est-ce pas ainsi que l'on peut concevoir avoir pleinement vécu ? Au jour du grand départ, en sachant avoir été si bien comblé et ne pouvoir jamais renouveler ces bonheurs, il ne nous reste plus qu'à accepter sereinement ce dernier voyage. Nous avions ainsi vécu et créé nos futurs rêves durant plusieurs jours. Notre chambre se rouvrait au monde. Elle ne s'était cependant pas coupée du temps qui continuait à défiler, et comme un voyage à Venise finit toujours par un retour, nous rentrions chez nous, reprenant pied dans la réalité. Le confinement n'avait pas isolé notre maison de tout, ce n'était ni une ile ni un paradis hors de l'espace commun à la société, et ce n'était pas la mort, c'était juste un temps qui nous semblait plus long et qui ne l'était pas en fait, car la marche des obligations ne s'arrêtait pas.

Nous avions partagé ce trop-plein d'heures creuses en les garnissant outre mesure d'amour dans des récréations sans fin, il nous aurait fallu, après ces débordements, marquer une décrue en nous retirant chacun dans des activités solitaires en d'autres lieux, afin de recréer un manque et une attente de se retrouver. Mais nous étions forcés à nous côtoyer quasiment à toute heure, et je vis poindre l'ennui, les premiers désaccords à peine perceptibles, les tensions larvées. Nous plongions dans cette réalité faite d'informations en continu et de vide de sens, du moins pour moi, dans un horizon qui semblait de plus en plus incertain et c'était une première différence de situation avec Anaïs, puisqu'elle se remettait jour après jour à son métier, après cette pause, en assurant la transmission de petits exercices de plus en plus nombreux à ses écoliers. La classe virtuelle était née, montrant au moins un avenir pour les professeurs, une occupation les reliant au monde et leur donnant un sentiment d'utilité, ou du moins une pression les obligeant à rester actifs. Pour mon amie, comme pour beaucoup d'autres de ses collègues à travers la France, il y avait même un nouveau stress à travailler ainsi, à s'approprier l'outil informatique, à suivre chaque élève, à choisir les devoirs et les corriger comme l'on ramasse les cahiers à la fin de la classe. Il y avait au moins une signification à ces journées et l'occasion de maugréer à l'encontre de supérieurs n'ayant pas conscience des obligations épuisantes que cela donnait. Cette nouvelle fatigue l'amena à se coucher plus tôt, généralement sans moi, pour mieux poursuivre le lendemain son sacerdoce. Je sentis rapidement cette césure dans notre vie, en regardant d'un œil envieux une activité que je n'avais plus, j'étais libre et prisonnier de cette liberté qui ne créait rien de plus que l'insomnie, qui n'avait plus la joie des contraintes pour rythmer une vie devenant un fardeau faute de pouvoir me sentir utile. Il me restait tout ce que pouvais faire dans mes moments de loisir, mais ce que je pouvais faire dans ces moments je pouvais le faire à présent à l'infini tant que je ne quittais pas le périmètre restreint de mon domicile. Il est vrai que j'aurais pu sortir pour aller jusqu'à mon magasin en prétextant une surveillance nécessaire, une obligation de récupérer tel ou tel papier, mais à quoi bon ? Il était encore plus déprimant d'arpenter cette boutique vide de vie et dont les étoffes n'offraient plus rien aux regards et aux mains de passants hier encore plein des désirs de porter tel veston, telle chemise ou telle cravate qui serait apprécié en société. C'était le silence lourd de la solitude qui avait pris l'existence même de mon échoppe, le rideau baissé sous les lumières inutiles de vitrines devenues inertes dans un monde mu par la peur. Le bateau naviguait sur une mer d'huile sans port d'attache, il avait perdu son cap et sans but il n'attendait que l'hydre qui le ferait définitivement chavirer. Je m'impatientais de pouvoir enfin repartir, mais le ciel plombé ne cessait de se noircir et mon humeur devenait taciturne, contrastant avec celle d'Anaïs. Nous n'en étions pourtant qu'au début, mais ce début ressemblait bien à une fin en entendant chaque soir le pessimisme des présentateurs qui faisaient leurs décomptes sordides, l'analyse des souffrances des patients, la mise en exergue des complications hospitalières et de l'importance des dispositifs d'urgence créés pour tenter en vain de circoncire ce terrible virus. Inexorablement les liens unissant les Hommes se distendaient sous l'effet de ces annonces anxiogènes. Lors de nos maigres sorties pour un ravitaillement, ou quelques pas à l'extérieur, nous sentions le regard inquiet, parfois réprobateur, des gens que nous croisions, alors qu'ils s'écartaient machinalement de notre chemin.

Le gouvernement pressentant un drame économique avait pris la décision d'aider les commerçants et indépendants avec un plan de soutien et je m'étais mis à avoir l'espoir insensé qu'au moins je pourrais m'ôter le souci de craindre la fin de mon activité. Hélas, ce fut sans compter sur une sorte de mesquinerie sournoise que j'attribuais, tantôt par volonté de nos ministres ou tantôt par sottise d'une administration déconnectée du monde de l'entreprise – à moins que ce ne fut pensé comme étant le moyen de supprimer économiquement les plus faibles, ceux jugés peu utiles, peu revendicatifs également, et par cette purge les renvoyer à l'anonymat le plus stricte – que furent définies les règles régissant les aides allouées. Ainsi donc, les mécanismes décrits comme salvateurs ne concernaient pas les indépendants ayant une dette fiscale ou sociale. Or, l'année 2019 ayant été un peu plus médiocre que je ne l'avais espéré, j'avais accumulé un retard de charges sociales qui ne me permettait pas d'être éligible à ces différents dispositifs de soutien. Dans une situation de fragilité, j'étais estourbi d'un coup supplémentaire pour mieux me faire couler dans les marais glauques de la dépression et j'avais le sentiment d'avoir travaillé toutes ces années pour ne devenir qu'un objet brisé, un vague trait de crayon gommé rapidement. Je fouillais et refouillais sans relâche les allocutions ministérielles et les sites gouvernementaux sans trouver de réponse, sans trouver d'issue favorable et je sentais m'envahir un peu plus à chaque instant une sourde colère, tapant d'un poing rageur sur mon bureau en maudissant ces décisions toutes dévastatrices alors que déjà la poursuite de cette claustration était annoncée.

Je voyais mes comptes fondre, le loyer de la boutique à régler, les charges courantes de ma vie professionnelle s'accumuler, et, dans un vaste tourbillon m'entrainant dans ses entrailles, la nuit noire et moite des sueurs de la peur, la peur de la misère. Mais de cette peur ou de celle d'avouer à Anaïs que j'allais devenir pauvre au point de devenir un poids, je ne sais laquelle me terrorisait le plus. Il me fallut ce jour-là tout le courage ou la folie d'un Achille pour décrire la situation à ma tendre amie, qui n'osait trop croire à cette histoire cynique de l'abandon des troupes sur le chemin de la débâcle économique de notre Nation. Elle était payée, elle était fonctionnaire, elle était protégée et n'avait pas toujours conscience des difficultés qu'il me fallait affronter pour réussir à me verser habituellement un revenu. Cependant, si elle fit une moue dubitative, elle commença à prendre conscience de ces nouvelles, si sinistres pour moi, et voyant ma mine déconfite passant alternativement de l'abattement à la fureur alors que je lui contais le fruit de mes recherches. Aussitôt, elle apaisa cette humeur par une certaine insouciance laissant entendre qu'elle veillerait à ce que nous ne soyons pas affectés dans notre vie quotidienne par ce revers de fortune. Je la crus en effet capable de puiser un peu dans son épargne pour nous faire vivre sans bousculer trop nos habitudes, mais cela n'exclurait pas la gêne, cette honte pernicieuse, de n'être bientôt plus capable d'apporter ma contribution, et même peut-être de quémander pour tel ou tel petit achat car nous avions conservé cette singularité de ne pas mélanger nos affaires financières, gardant chacun notre autonomie et notre liberté dans les dépenses, nous partageant avec la plus parfaite régularité les achats indispensables. Cela se concevait car la vie nous avait appris que les situations ne sont pas immuables et je ne souhaitais pas la léser d'un quelconque avenir dans lequel je ne serais plus par un coup de malchance. Ainsi donc notre vie commune était encadrée par cette logique évitant également les mésententes futures, les récriminations, et seule notre maison était acquise en commun dans le plus strict cadre d'un paiement équitable – ce qui par ce coup d'infortune allait m'obliger à faire appel à la générosité d'Anaïs faisant ainsi un accroc à ce contrat moral que nous avions choisi. Cette humiliation, je ne la pardonnais pas à nos dirigeants, ni à nos administrations, et j'en retirais une aigreur vive me poussant finalement à m'isoler un peu plus, par abattement et découragement.

Chapitre 4

Rêveries nostalgiques

Les jours recommencèrent à passer avec leur rythme effroyablement lent, et comme deux malandrins complices et heureux de leur mauvais tour, le soleil s'acoquinait au temps et plombait les journées, qui s'étiraient déjà inlassablement, de sa chaleur écrasante, comme pour signifier que tout effort était vain dans ce piège mortifère, cette prison à ciel ouvert. Il fallait sans résistance se laisser porter par les heures molles et fades tels ces capitons funéraires englobant tout notre être d'une douceur ouatée pour cacher aux yeux du monde l'effroyable absence de vie, la tristesse d'avoir perdu cette amie dont il ne peut plus rien advenir que les regrets de ne pas avoir profiter un peu plus intensément de sa présence. J'étais devenu une sorte de fantôme hantant éternellement les mêmes lieux, répétant les mêmes gestes, sans envie, sans plaisir, et dans une souffrance silencieuse qui broyait chacune de mes pensées. Oh, il y avait bien quelques sursauts, quelques rébellions pour gagner un instant de bonheur, soit par un cocktail - qui peut-être cachait plus le besoin à présent de s'enivrer un peu que la recherche des saveurs délicates de fruits soigneusement choisis pour compléter un alcool fort – dont j'avais conservé en mémoire les images et les sensations festives ou délassantes qu'il m'aurait plus alors de revivre, soit par une grillade de bœuf dont je m'étais toujours fait un régal, mais il y avait une sincère nostalgie dans ces petits souvenirs qui me rappelaient tant ma vie passée où ils marquaient alors une rupture joyeuse dans le temps agité de mes journées de travail pour offrir une pause revigorante. Ainsi, plus que des minutes de joie, dans ce confinement il s'agissait bien de banderilles dont je sentais la pointe fine et suffisamment aiguisée pour me faire souffrir longuement plutôt que de me faire prendre part joyeusement à une fête. Rien ne pouvait venir atténuer cette tristesse persistante, car plus que la mort d'un proche qui par une fin certaine et datée nous laisse la possibilité de faire le deuil et de ranger soigneusement dans notre mémoire les moments heureux vécus ensemble et qui font inexorablement partis du passé, il y avait là, malgré la peine, cet espoir toujours entretenu, avec plus ou moins de vigueur, que le passé pourrait ressurgir vivant. C'était une disparition inquiétante, mais pas encore le meurtre de notre vie des mois précédant cette épidémie, et chaque objet, chaque pas, chaque sensation en ravivait un autre d'autrefois et renouvelait cette illusion d'un cauchemar qui pourrait prendre fin bientôt. Ainsi j'allais fréquemment de notre salon à la petite marre que nous avions aménagée tout au bout de notre jardin. Les grands peupliers amenaient leur ombre reposante tandis que les longs bambous et les roseaux la bordant en gardaient une fraicheur protectrice tout en offrant une intimité rassurante dans ce havre de paix, égayé par un joyeux parterre d'iris en fleurs, et vivant au rythme lent des deux carpes japonaises baignant dans ce miroir aux nénuphars. J'avais souvent pratiqué au bord de ce petit paradis de longues siestes dans la touffeur de l'été. Aujourd'hui, j'y cherchais à me rapprocher, de façon une peu masochiste, des plaisirs que j'avais pu trouver ici dans mes demi-sommeils, tout en faisant de dame Nature une confidente de mes craintes. Le goût de vivre n'était peut-être que ces moments de complicité avec la simplicité du monde originel qui nous entoure. Je me rêvais en des récits chimériques partant dans quelques contrées lointaines ou forêts pour rompre avec le monde monétarisé dans lequel nous évoluions, chassant un lapin – qu'il eut fallu que j'apprenne à tuer et préparer, étant moi-même un pur produit de notre existence consumériste – cueillant les baies sauvages aux beaux jours pour un dessert, respirant à chaque instant le grand air dans une petite bâtisse faite de mes mains, et je laissais mon âme aller ainsi longuement jusqu'à ce que je me souvienne qu'il y a aussi un hiver sans rien à manger, et que sans argent finalement nous ne sommes qu'une poussière à balayer d'un revers de main sur l'étoffe du manteau des Hommes couvrant le monde de toute sa lourdeur d'or et de technologies. Le rêve était permis, mais la réalité en montrait rapidement les limites, sans quoi il n'y eut pas eu de *Misérables* chez Hugo, pas de *Germinal* chez Zola, et *Les Raisins de la colère* auraient été par exemple « Les réjouissances de la liberté ». Tous, nous aurions trouvé une terre promise faite des plaisirs simples d'une Création Divine nourricière en suffisance et "le bon sauvage" ne serait pas resté un mythe, une élucubration impossible à faire fonctionner. Le Paradis n'existe pas sur terre. Alors je retombais de toute la hauteur de mes rêves dans la triste réalité où, ruiné, j'étais en plus prisonnier sans autre choix possible, et c'était d'un pas pesant, que je remontais, rompu, vers notre maison, enviant les paysans dont je voyais au loin les tracteurs réaliser les premières moissons, récoltant ainsi les petits grains d'or qui les récompensaient de mois de travail et de patience et leur donnaient l'espoir d'une richesse prochaine. Comme j'aurais aimé remercier moi aussi le soleil d'être alors si ardent et de suer pour glaner l'argent du foyer.

Chapitre 5

Dérive et désunion

Les jours, les semaines allèrent ainsi, dans cet affaissement du corps et de l'âme, dans la fadeur de l'inexistence. Ma morosité devint mon plus proche ennemi, en me coupant des quelques amitiés que j'avais noué au temps des déjeuners en ville. Qu'avais-je encore à leur dire, si ce n'était inlassablement mon mal-être alors qu'eux me conteraient le même, ou bien, pour les plus chanceux, n'oseraient m'entretenir de leur vie encore épanouie ? Le téléphone avait sonné au début, puis s'était lentement tu, laissant place à la solitude et à des liens si distendus qu'il sembla dès lors inconcevable de les renouer aisément, le temps faisant son œuvre d'oubli. Il me restait Anaïs, rieuse, souriante, petite plage paradisiaque sur laquelle cependant les vents contraires me laissaient de moins en moins souvent le bonheur d'accoster. J'avais l'impression de la contourner et à chaque tentative pour m'y accrocher, elle semblait s'éloigner. Pourtant je sentais le frôlement de ses caresses, ses baisers posés çà et là pour me distraire, sa voix douce en m'enjoignant de la rejoindre, mais portés par les bourrasques de mon humeur taciturne, je ne les percevais plus que lointains, dans un brouillard épais auquel se mêlait les sentences du monde d'après, ce monde qui ne serait plus le même pour des raisons obscures et glaçantes. Le monde d'après me terrorisait bien plus qu'il me donnait envie de l'étreindre. Je m'y voyais plantant le jardin de semis de haricots, de pommes-de-terre, de fèves diverses et variées pour assurer ma subsistance entre deux passages dans les marchés sociaux, et à la merci de l'aumône de l'Etat. Ce n'était pas le monde Vert de l'écologie heureuse, mais le monde gris de la débrouillardise miséreuse qui me semblait promis, et avec le désespoir de ne plus rien pouvoir donner à Anaïs. Je me versais alors un fond de mauvais whisky, bas de gamme, acheté avec les reliquats de mon épargne, et je le sirotais doucement devant l'univers de feuilletons présentant le luxe, devenu pour moi tapageur, de la vie d'avant. Par sursaut, parfois j'étreignais Anaïs, je sortais de ma torpeur pour la retrouver dans un moment d'amour pendant lequel je m'efforçais de revigorer ma libido, mes désirs, nos jeux disparus si rapidement. Elle était là, bien vivante, prenant encore du plaisir en ces moments tendre et fougueux, et pourtant, je sentais chez elle aussi une certaine tristesse. Le confinement s'éternisait broyant méthodiquement nos vies. Nous avions changé, moi par peur de ce vide qui s'ouvrait face à moi, elle par lassitude sans doute de mes humeurs tristes et ternes, de mes craintes trop bien fondées.

Elle gagnait à présent bien plus souvent le bureau qu'elle avait aménagé dans l'une des chambres vides de l'étage, et s'y enfermait tôt le matin, et tard le soir, si tard que je finissais par prendre l'apéritif tout seul. Dans les premiers temps, je prenais la peine de lui demander de partager ce moment avec moi, mais j'attendais, et, les minutes faisant des quarts d'heure, au fil des jours, un peu par désœuvrement, un peu par lassitude, je cessais de quémander sa venue. J'entendais parfois le cliquetis des touches de son ordinateur, le moteur de l'imprimante en passant près de la porte, et puis des appels téléphoniques dont je ne distinguais pas clairement le contenu, et j'imaginais un travail conséquent pour des élèves assidus chez eux et des parents inquiets. De moins en moins disponible, je l'espérais heureuse de se sentir utile, dans une situation qui marquait une vraie césure avec la mienne. Cependant, je me rassurais en partageant avec elle, en certaines fins de matinée, une promenade à pieds, invariablement la même, toujours, pour ne pas s'écarter des directives abruptes d'un Etat devenu policier, et nous en profitions pour échafauder quelques projets fous de vie à l'étranger, de voyages insensés, de liberté retrouvée, égrainant les pays ne s'adonnant pas à ces pratiques masochistes de l'enfermement collectif et arbitraire. Partir au loin, mais pour y faire quoi, nous qui ne parlions que Français ? Et puis nous évoquions les restaurants que nous avions l'habitude de fréquenter, nos dernières vacances, ce temps qui semblait si loin et si peu réel. Ces moments de nostalgie nous rapprochaient un instant, resserrant les liens distendus par un regard complice, un sourire commun, une minute d'oubli. En croisant un promeneur, nous le saluions toujours avec égard et généralement il faisait de même, alors dans un enchantement commun – ou peut-être n'était-ce qu'une vision plus personnelle que je croyais partagée par envie d'être rassuré – nous nous entendions pour conclure que, malgré tout, ce monde d'avant n'était pas mort et qu'il restait de l'humanité dans ces mots bienveillants. Je sortais alors de ma torpeur pour retrouver la joie de vivre et l'avenir semblait à nouveau s'ouvrir à moi, s'ouvrir à notre amour qui me paraissait être la garantie de ne pas baisser les bras et tout au contraire de redevenir inventif.

Être inventif, voilà une expression pourtant bien mal venue dans un pays où justement la prise de risque était devenue une folie qui n'apportait que critiques et solitude quand une difficulté se faisait jour. Tout portait au contraire à créer de petites vies étriquées, bornées par le bon vouloir d'un Etat fait pour l'assujétissement à des normes, à des carrières fonctionnarisées à outrance, où les plus protégés étaient ceux qui avaient bien voulu gagner l'administration publique et se plier aux règles dictées par une autorité centrale. Hors de ces filets, il n'y avait que des coups à prendre, et je le savais pertinemment. Alors, après un déjeuner et une sieste à l'ombre d'un arbre, je replongeais dans une mélancolie lancinante, maudissant les clones si bien formatés que l'idée même de révolte n'effleuraient pas un instant. Ce qui comptait pour eux étaient les vacances, ces deux ou trois semaines passées en bord de mer, entassés mais heureux d'un dépaysement pourtant toujours identique d'année en année. Ces pensées m'éloignaient involontairement d'Anaïs, qui semblait de plus en plus se fondre dans ce moule et bien vite les sourires du matin s'effaçaient aussi chez elle. Elle regagnait son pigeonnier – ainsi avais-je appelé cette pièce d'où elle envoyait tant de messages – pour s'isoler, sans dire mot d'une inquiétude et d'un agacement qui devenait de plus en plus palpable au travers de ses regards. Je sentais poindre des reproches lorsqu'elle prenait faussement innocemment quelque revue et énumérait une liste d'articles ou d'envies avant de conclure en appuyant fortement son intonation par un laconique « Il ne faut plus rêver, nous ne pouvons plus nous payer ces petits plaisirs », et dans un mouvement vif, jetait sur la table basse le feuillet de papier glacé qu'il y a encore peu elle aurait déposé avec soin en cornant les pages ayant retenu son attention. Je l'avais habituée à répondre, ou au moins, si ceux-ci étaient trop onéreux, à m'intéresser, à ses désirs matériels, et bien souvent, passant avant de rentrer par la boutique d'un confrère, je lui ramenais un petit cadeau. Hélas aujourd'hui, je n'avais plus goût à m'attacher à ces légers caprices, sachant qu'il m'était devenu impossible de faire même de petits achats pour lui plaire. Sans doute sentait-elle aussi qu'elle était devenue subalterne à mes soucis et que je ne lui portais plus l'attention que j'aurais malgré tout dû avoir envers elle. Et pourtant, si elle avait su lire en mon cœur, elle aurait perçu combien elle était en ce moment tout au contraire la dernière parcelle d'espoir et de lueur qui me maintenait à flot, m'empêchant d'envisager si ce n'était le pire, du moins un départ précipité pour nulle part.

Chapitre 6

Un étrange renouveau

Les jours passaient, ce coronavirus aussi, cédant sous l'immobilisme d'un pays figé. Cependant en son sein, comme cherchant à sortir de cette gangue de glace et réchauffant doucement le cœur encore vivant d'une société reprenant espoir, les pressions se faisaient de plus en plus fortes pour que nous retrouvions un semblant de vie, et ce début mai annonçait enfin un assouplissement. Une fébrilité pour cette liberté que l'on pouvait presque toucher se ressentait partout, chacun se tenant prêt à s'élancer, revoir les amis, voyager, déambuler dans les rues et commerces. Nos quelques voisins recevaient déjà qui un ami cycliste de passage, qui un fils venant porter des nouvelles, et les salons de jardin prenaient un air de fête sous des verres d'apéritif ne respectant déjà plus les gestes de précaution qui évitaient de se côtoyer de trop près. Et qui dans notre campagne s'en serait ému, tant le désir de renaissance se vivifiait sous les rayons d'or d'un soleil radieux dont la chaleur se prolongeait fort au-delà de la soirée ? Anaïs souriait à nouveau de plus en plus souvent, non pas qu'elle soit plus présente à mes côtés, mais plus heureuse lorsqu'elle me croisait dans le séjour ou sur notre terrasse. Et, bien qu'un voile sombre flottât toujours sur mes pensées, je le sentis moins lourd, comme s'envolant porté par l'air stimulant que je laissais entrer en m'ouvrant aussi à cette joie. Il était temps de regagner mon commerce, de mettre en ordre les invendus, de créer les chimères d'une prospérité retrouvée qui comblerait mes pertes. Je me laissais prendre au jeu de l'euphorie collective, grisé à nouveau par une absence de raison, mon esprit me jouant ce tour d'illusionniste pour me préserver encore un peu de sombrer dans la folie d'une dépression mortelle. Alors, ragaillardi, je plaisantais, je virevoltais dans notre maison quand je n'étais pas occupé à arranger et réarranger ma vitrine, ignorant les déboires subis. Dans cet aveuglement, j'étais incapable de percevoir combien pourtant il s'était créé une fissure dans notre couple, et mes absences au lieu de le ressouder laissaient tout au contraire entre-baillée la porte des doutes et de la solitude. Eussé-je interrogé mon aimée à ce moment, comme nous avions l'habitude jadis d'entretenir une complicité sans faille, que j'aurais compris qu'elle ne partageait pas mon enthousiasme et que d'autres raisons amenaient un sourire à ses lèvres. Elle attendait avec une impatience toujours plus accrue de retrouver sa classe, le monde extérieur fait de ses collègues, des parents d'élèves, des enfants auxquels il me semblait qu'elle avait consacré toutes ces dernières semaines pour leur offrir le savoir, la maîtrise de la lecture et du calcul. Alors, quand vînt enfin ce jour merveilleux où ces barreaux invisibles furent gommés, nous nous précipitâmes chacun vers des horizons différents, happés par l'univers de nos professions, par le bonheur de revoir les figures si longuement oubliées, l'effervescence des foules des grands jours, moi, mes clients, et elle, ses gamins bavards, joueurs, chamailleurs, plein de vie et d'avenir.

Les premiers jours furent l'occasion de retrouver quelques-uns de mes plus fidèles acheteurs, et c'était alors toujours une effusion de paroles chaleureuses en se racontant les moments difficiles de cette terrible période et en se promettant une fidélité sans faille pour l'avenir. Leurs achats étaient plus amicaux qu'essentiels, pour me soutenir, pour montrer combien il y avait une compréhension du poids de mes malheurs, et également et surtout pour se donner bonne conscience par cette aumône – comme les maîtres le feraient avec un valet malade – dont ils feraient peut-être même, de façon déguisée, un fait louable dans leurs causeries, et ils emportaient une cravate, quelques paires de chaussettes, un gilet, ou parfois un pantalon sur mesure dont il me faudrait faire faire les ourlets. Mais ce n'était pas la marée montante attendue, la vague qui aurait emmené dans son reflux les invendus de la saison gâchée. Il y avait aussi les absents, tel ce Monsieur de 80 ans qui n'avait pas poussé ma porte soit qu'il ait été emporté par le virus, soit plutôt qu'il ait eu encore peur pour sa santé et qu'il ne sortît tout simplement plus, laissant à ses enfants le soin de faire ses achats ailleurs ou de ne plus être habillé de neuf, cela lui étant devenu inutile. Alors, j'espérais un lendemain plus faste, rentrant avec un rictus convenu qui n'était pas celui du bonheur mais qui devait donner le change pour ne pas paraître abattu. Je voyais ma jolie compagne revenir chaque jour un peu plus gaie que la veille, souvent aussi plus tardivement qu'à l'ordinaire, pimpante, les joues rosées d'une grâce nouvelle, presque trop belle pour que je puisse me dire qu'elle était faite pour moi. Et pourtant, c'était la même qu'avant, mais avec un éclat différent, peut-être par un apport qui m'était alors inconnu, mais surtout, conclus-je en ces moments-là, parce que la vision que j'avais de moi-même s'était modifiée pour perdre de son lustre et devenir fade, insipide et cette mésestime que je portais à mon image n'en faisait ressortir que plus avantageusement la beauté des autres et me portait à me sentir indigne de les côtoyer. C'est ainsi que je ne fis qu'agrandir mon malheur en créant une distance supplémentaire avec la femme que j'aimais. Nous n'échangions que quelques regards qui bien souvent me faisaient baisser les yeux et détourner rapidement la tête tant je ne savais comment redevenir l'homme sûr, confiant, confident et amant sans faille qu'elle avait jadis choisi et sur lequel elle avait pu s'appuyer. Nous dinions rapidement, nous parlions moins, et surtout sans que je ne trouve jamais le courage de lui avouer mes craintes. Je lui racontais quelques bribes enjolivées de ma journée, inventant là la venue de nombreux de clients, ici une commande généreuse pour un mariage, pour faire mine d'une reprise qui pourtant n'avait pas lieu. Et puis, après le repas, elle s'envolait rejoindre son pigeonnier, où elle s'enfermait pour préparer son travail qui me semblait alors de plus en plus conséquent. J'avais eu tout le temps de faire mes comptes, bien médiocres, dans mes longues journées et je me retrouvais seul, égrainant les programmes télévisés, allant de film en film sans autre but que de passer le temps et de dissuader mon esprit de toute tentative de réflexion, ce qui généralement fonctionnait bien, et comme un renfort pour ce faire devenait habituellement nécessaire, je pouvais trouver en un bon verre de whisky un allié indéfectible. Un visiteur impromptu aurait alors pu percevoir une lente déchéance, croire en un début d'alcoolisme et se sentir de plein droit renforcé dans cette idée en m'observant allongé sur le canapé, un ventre arrondi par les quelques kilos pris à la faveur de cette vie fade et dont je ne pouvais me débarrasser bien que j'en avais pris pleinement conscience. Aurait-il été bienveillant qu'il aurait diagnostiqué un réel début de dépression et sans nul doute en aurait-il avisé un médecin, courage qui me manquait une fois encore.

Les jours passèrent. Mes confrères se mirent les uns après les autres à brader, par des rabais parfois incroyables, les invendus de leur saison. Fier, je tentais encore un peu de résister. Je fournissais de la qualité, et je me targuais d'avoir une clientèle de gentlemen que je conseillais pour garantir leur élégance. Solder ce bon-goût me paraissait être insultant, je ne le faisais d'habitude que sur quelques articles dont la mode s'était trop détournée et que je me serais alors bien gardé d'indiquer à mes fidèles. Il fallait avoir toutefois la franchise d'avouer cette fois-ci que le monde avait changé. Les gens s'étaient habitués pendant le confinement à se passer d'achat, et au retour du confinement ils en étaient encore capables, sauf à ce qu'ils puissent avoir l'impression de faire une bonne affaire en telle ou telle dépense, et en tirant profit de la crise. Je sentais l'épée vriller un peu plus mon corps déjà meurtri en m'obligeant à ces méventes qui sonnait le glas du retour à l'équilibre. Tenir se ferait au mieux au prix d'une absence de rémunération, et peut-être même en me coûtant un argent que je n'avais pas. Si cette stratégie baissière m'amena quelques clients que je n'avais jamais vu, j'avais néanmoins l'impression de perdre le sens de mon métier, la raison de mon magasin, pour jouer les marchands de « fripes ». La mairie de son côté nous avait apporté son soutien pour donner un dynamisme supplémentaire au centre-ville en finançant des attractions pour tous les âges : jongleurs, clowns, musiciens, conteurs, parcours de découverte. Hélas, il fallait se rendre à l'évidence, derrière une certaine affluence qui donnait un semblant de vacances et d'effervescence, trop peu d'entre nous avaient réussi à tirer leur épingle du jeu et se sentaient sauvés, les autres à la moindre brise tomberaient comme un château de cartes alors même que le temps s'annonçait orageux. En effet, la colère sociale ne s'était pas apaisée, elle n'avait été contenue que par force ou par peur d'un virus encore présent et tapi dans l'ombre en attendant une résurgence automnale, cette deuxième vague dont nombre de spécialistes parlaient comme d'une évidence. Pris dans ces tourments, je me débattais vainement, sentant qu'inéluctablement la fin approchait. Il m'arrivait souvent de fermer mon échoppe plus tôt, après avoir guetté non le chaland mais l'acheteur qui restait introuvable, désespérément sourd aux suppliques de camelot que je me résignais à geindre en abandonnant ce qui me restait d'honneur. Si Anaïs avait pu deviner ces heures sombres, certainement m'aurait-elle donné un peu plus de son temps, quelques paroles de réconfort, quelques tendresses pour oublier. A moins qu'au contraire elle les eut déjà décelées et que ma chute ne lui ait causé plus de dégout que de compassion ? Comment comprendre son détachement durant ces soirées, alors que nous les passions jadis l'un contre l'autre sous les bronzes rougeoyants d'un soleil couchant en s'embrassant amoureusement ? Comment prendre le risque de lui avouer ce qui pourrait à ses yeux causer ma perte ou me sauver ? Chaque jour je reculais d'une nouvelle journée les révélations que je n'osais lui faire, et chaque nuit mon sommeil agité me laissait la contempler, alors pris dans les élans du cœur, je me félicitais de taire mes malheurs pour bénéficier encore un peu de ces instants qui n'étaient donnés qu'à moi pour, d'une caresse imperceptible, goûter sous mes doigts le velouté de sa peau, ses courbes harmonieuses, le léger frémissement de son corps qu'elle m'avait offert entièrement. Ce cadeau, cette parcelle charnelle de bonheur, était, au-delà de tout, mon bien le plus précieux. Il me semblait qu'en perdant le contrôle de ma vie, j'avais aussi perdu le contrôle de celle qui était devenue toute ma vie, et je la voyais dériver, s'éloignant sur cet océan glacial qu'était la solitude de mes longues heures vides de sens. Le temps ne s'écoulait plus de la même façon entre nous, il était instrument de torture parce qu'il était si distendu que je ne savais qu'en faire alors en le voyant machinalement m'emmener vers une faillite devenue plus que probable, et de façon inverse il était peut-être également supplice pour elle qui au contraire le remplissait si pleinement d'activités qui semblaient déborder bien au-delà qu'il devait lui sembler trop court. Il nous aurait fallu l'arrêter, mais l'aurions-nous partagé ? Je rêvais de le figer pour faire l'amour indéfiniment dans cette joie naïve qui balayerait d'un regard enfantin toutes les appréhensions qui maintenant nous saisissaient jusque dans la plus profonde intimité. Je souhaitais retrouver mon Anaïs, retrouver notre monde disparu où tout semblait si simple, et cependant je me demandais ce qu'elle ferait si elle pouvait aussi le stopper ne serait-ce qu'une heure. Si ce virus et ce confinement avaient changé quelque chose, au-delà-même de notre relation amoureuse, c'était bien notre sérénité, notre rapport au présent comme au futur, en faisant entrer en nous la peur, et pas simplement la peur de mourir, celle de vivre aussi. La crainte de la maladie, l'angoisse de croiser nos semblables, l'anxiété d'une économie moribonde dont nous serions affectés tôt ou tard, et enfin plus angoissante que toutes les autres, la peur de la solitude, étaient autant de pressions qui réduisaient notre existence à l'attente du lendemain sans avoir profité du jour-même avec l'insouciance du « monde d'avant ». Je ne savais quelles étaient les pensées d'Anaïs quand je la sentais fuyante, je pouvais juste constater qu'en chacun de nous quelque chose s'était modifié. Pourrions-nous si aisément nous retrouver ?

Chapitre 7

La trahison

Dans ce premier mois post-confinement, j'avais réussi avec un effort conséquent à donner le change en invitant ma compagne deux ou trois fois au restaurant, mais comment ne pas éluder dans des atermoiements alambiqués les questions portant sur de futures vacances que nous avions l'habitude de prendre en août chaque année ? Oui évidement, cette semaine passée, qui sur la côte d'Azur, qui en Dordogne ou au Pays Basque, ou encore en Bretagne, était le sujet récurrent des collègues de ma belle institutrice et cela lui donnait des envies de farniente en des hôtels enchanteurs, sur des plages de sable chaud, goutant les fruits de mer des villes balnéaires ou les foies gras périgourdins. Je voyais son agacement à m'entendre dire que je ne savais pas vraiment où partir, pour ne pas avoir à lui demander comment y aller dans la situation de ruine où je me trouvais. Cette nouvelle brèche dans mon indéfectible acquiescement à ses désirs, plus rude, plus tragique que celle de ne pas répondre à ses envies frivoles, la rendait chagrine et plus distante encore jusqu'à en être parfois agressive, et je courbais le dos, attendant que l'orage passe et sachant pertinemment que je la décevais. Mais au fil des demandes, maintes fois renouvelées je sentais son amertume grandir encore, tout en constatant que le temps passé ensemble continuait à se réduire. Quand par une trop grande lassitude je coupais le son de la télévision, me retranchant dans un silence lugubre, je percevais toujours involontairement les cliquetis de ses ongles sur le clavier de son ordinateur et parfois, en étrange murmure, des bribes de conversations, incompréhensibles tant elles devaient être chuchotées, mais qui à présent étaient entrecoupées de petits rires joyeux jaillissant comme quelques sources de vie irréelles dans les plaines arides de ma solitude et disparaissant aussitôt que je faisais craquer les marches de l'escalier pour m'approcher et essayer d'en comprendre l'origine.

Notre complicité s'était évanouie et inexorablement une tension faisait jour. Je la ressentais envahissant notre intérieur, se glissant entre les portes, planant au-dessus de nos assiettes. Vinrent alors les premières piques, ces pointes d'agressivité assassine cachées en de petites phrases sarcastiques, visant à créer un lent détachement résolu de nos deux êtres, une fin intangible d'un amour transformé volontairement en dédain pour ne plus pouvoir être réparé. Les coups portés par ces phrases froides, ces mots dits sans colère, restent toujours gravées au fer rouge dans les cœurs bien plus profondément que toute autre blessure et reviennent hanter les nuits, les rêves, les pensées, qu'on le veuille ou non, montrant le fond de l'âme de celui qui nous les a assénés en ayant eu suffisamment d'agilité intellectuelle pour faire volontairement mal. Pardonnés, ils ne s'effacent pas pour autant, guettant leur heure pour ressortir plus acides et destructeurs encore pour qui aurait voulu en faire l'impasse. Ainsi, revenant une nouvelle fois à la charge concernant nos congés d'été elle me dit qu'elle ne croyait plus à ma bonne fortune et qu'elle envisageait déjà des vacances sans moi. Un soir, elle m'expliqua qu'elle avait besoin de ce moment d'évasion après ce long confinement et que cette échappée solitaire nous permettrait de nous retrouver ensuite plus sereinement. Ce discours, parce que nous en avions ri si souvent car il nous avait toujours paru être une duperie cachant le pire dans un souci d'évitement, ne pouvait aujourd'hui que m'affliger et me blesser profondément, elle le savait. Comment croire qu'un voyage d'agrément, loin des tracas quotidiens, seule, avec cette envie de changer d'horizon, puisse ne pas être l'occasion de rencontres, la possibilité de nouer des liaisons ? Je demeurai silencieux, abasourdi, les yeux dans le vague et sachant déjà que je ne pourrais pas changer le cours des choses. Elle avait ce ton sérieux, cet air résolu, d'une décision mûrement réfléchie et je ne pus que m'incliner pour ne pas risquer des heurts plus durs encore. C'est dans une atmosphère lourde que s'acheva ce repas. Elle partit dans son bureau et je me retrouvai seul devant un univers déjà vide, aussi fade et dénué d'intérêt que les écrans publicitaires qui défilèrent alors sur le téléviseur que j'observai machinalement, me rendant compte de l'extrême isolement dans lequel je vivais sans qu'aucun de mes rêves n'ait possibilité à présent de se concrétiser. Les sourires d'acteurs se succédèrent en des mondes devenus irréels et ne firent qu'accroitre la lassitude qui m'étreignait. Quelques doses de whisky m'aidèrent à me réfugier dans un demi-sommeil abrutissant et qui m'emmena fort tard lorsqu'à petits pas je regagnai une chambre déjà noire où seul le rythme calme et régulier de la respiration d'Anaïs me prouva qu'elle ne m'avait pas attendu pour se lover dans ses songes. Je n'étais plus l'objet de ces désirs mais juste celui de son cadre de vie, telle une chaise ou une armoire un peu encombrante qu'elle contournait ostensiblement pour ne pas en voir les couleurs défraichies et les fissures d'un bois qui craquerait à la moindre pression. J'avais tout simplement mal vieilli, trop rapidement, sous les griffures d'une énarchie s'étant évertuée à protéger les siens plutôt que les petits dont je faisais partie. Je n'étais plus indispensable à personne, et cette inutilité convenue faisait peser un poids terrible sur le sens de la vie, encore qu'il me semblât moins difficile de disparaitre socialement – car après tout, quand bien même on se trouve flatté d'être, cela évite les tracas de l'apparence que l'on donne aux autres en un jeu souvent bien mensonger – que sentimentalement.

N'ayant plus l'esprit à mon travail, je fis une journée plus médiocre encore qu'à l'habitude, m'accordant de fermer longuement à l'heure du déjeuner et de rentrer chez nous. Dérivant entre nos meubles et nos souvenirs, j'arpentai les pièces à la recherche de quelques mots ou photos me raccrochant au passé et à l'espoir de le faire revivre, au moins un instant, laissant dériver mes songes vers ces bonheurs que je sentis irrémédiablement perdus. La tristesse m'envahit, et plus elle m'envahissait, plus je cherchai, fouillant chaque centimètre de notre vie commune pour m'y raccrocher, pour sentir sa présence, son parfum, ses rires et retrouver un petit rayon de soleil enfoui dans les tiroirs de ma mémoire. Du séjour, je passai à la cuisine, faisant ressurgir le parfum de ce coq au vin que nous avions préparé ensemble deux ans auparavant, puis je montai dans notre chambre et les draps me rappelèrent alors une douce après-midi d'amour passée cachés sous leurs motifs si joyeusement printaniers, et poussé par la tendresse de mes pensées, j'osai enfin ouvrir la porte de son bureau pour y respirer cette atmosphère emplie d'elle et qui ne m'appartenait pas. J'effleurai les meubles, les papiers posés çà et là, griffonnés de sa main si délicate. Le clavier de son ordinateur sous mes gestes tendres se ralluma sur la dernière note qu'elle avait écrite. C'était une page pleine d'amour, de mots passionnés. Les enlacements si joliment gravés dans ces lignes auraient fait chavirer définitivement le plus dur des cœurs y ayant eu accès. Ils débordaient de ces désirs intenses et fougueux des premiers émois, se donnant sans compter, offrant tout sans rien attendre que la promesse d'un encore pour ne jamais s'arrêter. Comme Anaïs semblait rajeunie dans ces extases érotiques ! Ma vue se troubla, une larme roula lentement sur ma joue pour se briser sur le bois dur de la table de travail dont je fis l'indispensable canne pour secourir mes jambes chancelantes. Ces mots, ses mots pour tant de passion, claquaient dans ma tête avec une telle violence que je me sentis défaillir alors qu'ils emportaient dans leur souffle les derniers reliquats de ces souvenirs que je m'efforçais jusque-là de faire renaitre. Oui, ses mots n'étaient pas pour moi. Abasourdi par cette découverte, cette traîtrise, alors même que je bataillais déjà dans une débâcle financière, me glaça le sang. J'avais été aveugle, je ne l'avais pas sentie glisser vers d'autres eaux plus calmes, plus lisses et moins profondes que les abysses dans lesquelles mon naufrage nous entrainait. Dans la tempête j'avais déserté le pont pour me réfugier dans le silence des entresols et dans la solitude de mes pensées, j'en avais oublié combien la fidélité est fragile et s'étiole lorsque l'on s'éloigne des yeux de sa belle, lorsque l'image se ternit par quelques mauvais tours du destin. Je n'étais pour elle probablement plus qu'une ombre, obscurcissant le soleil dont elle avait tant besoin, un voile gris jeté sur ses désirs et ses espoirs, accentuant sa fragilité et ravivant ses craintes. Je ne pus cependant exclure qu'elle eut cherché à tromper ces longues journées d'ennui par un jeu de séduction, pour se rassurer sur ses charmes, ou bien pour tester d'autres plaisirs, ou vivre les plaisirs que je ne lui apportais plus dans mon isolement taciturne. A moins que ce soit juste pour sortir de l'habitude routinière qui s'était instauré dans ce long confinement et vivre quelques moments de frisson en brisant les interdits tacites du couple. Qu'avait-elle pensé en débutant ce jeu malsain ? Avait-elle eu pitié de moi ? Avait-elle eu peur de me blesser ou de briser notre relation ? Avait-elle encore envie de notre vie commune ? Je m'effondrai dans un fauteuil en ressassant inlassablement ces interrogations, les décortiquant sous le jour brumeux des dernières semaines, sans être capable d'y répondre, allant d'une hypothèse à une autre, d'un doute devenant certitude pour sitôt s'écrouler, et toujours en fond l'image si douce d'Anaïs, mais salie par d'autres mains, d'autres caresses. Me revint en mémoire son désir de vacances sans moi, et je sentis dès lors qu'elle ne serait pas seule, les ébats attachants qu'elle décrivait étaient bien trop furtifs pour qu'elle n'ait pas envie de les vivre plus pleinement, des jours entiers, dans la chaleur estivale d'hôtels de charme. J'oscillai entre abattement et colère froide, désir de renouer et dégout pour une femme à qui j'avais tant donné. Ce soir-là, cependant, je n'osai lui parler, certain que mes mots ne sauraient être maîtrisés et emporteraient dans leur flot tout espoir d'apaisement, toute possibilité de pardon, cassants ils la frapperaient irrémédiablement au point peut-être même de la faire fuir. Je ne voulais pas de son départ précipité, et je ne voulais pas non plus la voir près de moi, alors je l'évitais le plus possible en donnant des raisons de fatigue excessive, proche de la maladie. Elle ne chercha ni à me réconforter, ni à en savoir plus, et après un diner pris dans un silence monacal rythmé par une intervention politique monocorde et lassante que diffusait la télévision, elle retourna dans son refuge, se coupant de ma vie pour accéder à de nouveaux rêves et des promesses que je ne faisais plus. Je sentis le temps, l'amour, la vie glisser entre mes doigts en fines poussières emportées par le vent cruel de ces tempêtes broyant les arbres morts. Petit à petit, mon cerveau réunissait les pièces du puzzle, il m'entrouvrait l'avenir, les semaines qui allaient se dérouler dans une solitude toujours plus grande, toujours plus dure, son corps déjà pris, sali par un autre, et que je ne toucherais plus, le dégout à mes réveils, les cauchemars surgissant dans le silence des nuits de fièvre, l'absence malgré sa proximité physique, et les invraisemblables habitudes qui continueraient de ponctuer nos journées. Cet insupportable ménage à trois fantômes, quand encore il y a si peu elle n'était qu'à moi, me minait. Prostré dans mon fauteuil, je restai là de longues heures, en me demandant comment supporter l'insupportable et ce n'est que très tardivement que je me décidai à regagner une chambre prenant un air de cachot pour un long supplice, tenté par ces courbes à demi-nue et sitôt retenu par l'abjecte situation d'une peau sans nul doute déjà trop caressée ce jour et qui ne frémirait plus sous mes doigts.

Le lendemain, épuisé par trop de stress et de réflexions, je ne fis qu'un aller-retour à mon magasin, décidé enfin à connaitre le fin mot de cette histoire. Mais aucune trace de ses pêchés n'était visible, elle avait pris soin de refermer toute possibilité de fouiner dans ses secrets et c'était dans un silence lugubre que je passais cette longue journée morne à attendre son retour, sans pour autant ne pas chercher une échappatoire à ce désastre et ne la garder que pour moi seul. Quand enfin elle rentra, je commençai par lui demander le pourquoi de ce retour encore tardif, et sans lui laisser le temps de répondre je ne pus m'empêcher de lui dire que je soupçonnais qu'elle entretienne une autre relation, une liaison, ou des liaisons, qui duraient depuis déjà quelques semaines. Et comme un claquement de fouet, zébrant mon âme quand je ne cherchais que réconfort et illusion d'être encore un peu dans ses désirs, elle lâcha sans faille, sans regret, un acquiescement rédhibitoire. Oui, elle avait quelqu'un d'autre et envisageait de partir. Mais ce n'était pas par amour qu'elle ne s'était pas encore épanchée à ce sujet, seulement par pitié, car elle avait compris ma situation et la désolation qu'elle causerait en m'infligeant un coup de poignard supplémentaire, alors elle patientait en me regardant sombrer un peu plus chaque jour. Je ne lui apportais plus rien de ce qu'elle voulait, pas même le désir sexuel, et plus que cela, elle s'était lassée de ces plaisirs que nous avions ensemble avant. En m'avouant ceci, je la sentis rayonner d'un éclat plus vif que jamais, comme une résurrection en abandonnant le mensonge dans lequel elle vivait jusqu'à cet instant. Elle brilla de mille feux, contrastant avec la pénombre de la pièce et faisant ressortir toute sa beauté qu'elle me refusait pour mieux l'offrir ailleurs, en éteignant la flamme vacillante qui m'animait encore. Elle me demanda pardon, et m'expliqua que nous prendrions le temps nécessaire à mener raisonnablement cette séparation inéluctable, conservant jusque-là nos habitudes pour me laisser m'organiser également, puisque nous devrions solder notre passé commun. Puis elle glissa sans bruit à l'étage, me laissant face au silence de glace qui étreignait tout mon corps, s'immisçant jusqu'en mes os en des douleurs terrifiantes. Serais-je Ulysse pour relever à chaque instant de nouveaux défis ? Mais je n'avais point de Pénélope pour m'attendre au port et me donner la foi pour relever tant de combats homériques. Où était cet effronté qui osait fouler mes terres et souiller mon amour ? Quel vil mécréant se permettait de convoiter mon bien ? Oh non, je n'en voulais pas à Anaïs que je ne pouvais me résoudre à ne plus aimer, mon ennemi était cet insignifiant personnage voleur et menteur à n'en pas douter. Anaïs était mienne, et je ne saurais permettre qu'on me la prenne ainsi, et pourtant elle ne m'aimait plus, le processus était à bien y réfléchir irréversible et me plongeait dans les plus noires pensées, celle d'un avenir vide de sens. Piégé dans mes tourments, c'est à peine si je l'entendis sortir en m'annonçant qu'elle allait diner en ville.

Les jours suivant furent identiques à cette terrible soirée, n'ayant plus cœur à l'ouvrage je passais mon temps à réfléchir et repasser inlassablement le film de ce sordide confinement qui m'avait tout pris. La nuit je me couchais à côté d'un corps qui me rejetait et que mon amour continuait à désirer de toutes ses forces. Je ressentais le froid de l'indifférence dès que j'en approchais mes mains et je me ravisais pour ne pas froisser un peu plus le visage si angélique de ma belle quand elle me jetait encore, parfois, un regard mi-désolé, mi-lasse. Je tentais d'en capter le meilleur, le passé qui nous avait si bien unis durant des années et revoyais briller ces deux diamants dans la jouissance de nos unions. Il me fallait trouver le courage de rompre avec cette immense plaine de ruines et de désolations. Il me fallait inventer le moyen de continuer à la posséder, seul, sans craindre une rivalité. Or, sans fortune, sans relief à ses yeux, il me faudrait savoir créer autre chose ou me résoudre à la perdre définitivement. Mais pouvais-je avoir la force de la savoir en d'autres mains sans en mourir ? Le temps s'étirait en des raisonnements ne trouvant jamais de conclusion efficace, quand me vint enfin la seule solution permettant de sortir de l'enfer de ce champ de ruines. Il me fallut peu de temps pour m'apercevoir que cette solution était la seule qui me donnerait la satisfaction de ne pas voir Anaïs partir pour d'autres et se donner peut-être mieux encore qu'à moi-même, salissant plus encore notre amour, le trainant dans les relents malodorants d'hommes sans scrupule, vulgaires et répugnants en déflorant à leur manière chaque recoin de son corps, et je ne voulais pas non plus la savoir regretter ma tendresse ou mes caresses. C'est donc avec un élan soudain, une excitation nouvelle, que je rassemblais les pièces nécessaires à cette aventure et que je passais et repassais mentalement les différentes étapes de sa réalisation. C'était simple, rapide, il ne fallait que le courage du premier mouvement.

Chapitre 8

Aimer, quoi qu'il en coûte

Ce soir-là, je pris un café afin de rester pleinement éveillé. A 2 h00 du matin, je regagnai le lit avec les plus grandes précautions, et me mis à attendre un peu. J'entendais son souffle régulier, elle dormait profondément, sans le moindre soubresaut. Je sortis le grand couteau à viande que j'avais glissé à portée de main sous le matelas et lentement, j'ôtais la couette qui la recouvrait. Comme elle était jolie à demi-nue, toute à moi encore un instant, offerte ainsi à mes regards. Je tressaillis en pensant encore que d'autres pouvaient profiter de cette magie, et je me félicitai de ne pas le leur permettre. Cela confirma, si nécessaire, mon choix, et mon bras se leva machinalement pour retomber lourdement sur ce sein sous lequel battait le cœur qui m'avait tant aimé. La lame fut retenue une fraction de seconde par la peau, ferme, dure comme tentant vainement de retenir ce geste, puis glissa dans la chair tendre pour toucher son but. Elle sursauta un instant, levant les bras qui immédiatement retombèrent alors que s'enfonçait déjà le second coup, puis le troisième, … . C'était fini. Le sang allait être absorbé par le lit, ne laissant qu'une fine flaque sur le sol. Elle ne pouvait être qu'à moi, et elle ne serait plus jamais à un autre. D'un geste tendre je caressai quelques instants son visage pour en lisser les traits, enfermer dans leur écrin les deux diamants brillants qui m'avaient si longtemps subjugués, lui donner un dernier baiser. Là, sur l'oreiller, je glissai une lettre d'amour cachetée et au-dessus une photo de nous, enlacés sous un soleil radieux, au dos de laquelle j'avais écrit "Dans la vie, comme dans la mort, rejoignons-nous éternellement pour mieux nous étreindre. A bientôt mon Amour"

Je sortis sans bruit de la chambre, tirant religieusement derrière moi la porte de ce tombeau que je fermai à clef souhaitant que personne n'eût l'idée de déranger trop brusquement et sans égard le long sommeil qu'il abritait. Puis, d'un pas décidé je gagnai la grange jouxtant notre maison.

Epilogue

Trois heures du matin, Je me trouvais là, seul dans cette grange, baignée encore par l'air chaud et sec de cette journée d'été, et je venais de me remémorer ces derniers mois passés dans l'âpreté du confinement et d'un retour à la vie qui m'avait ôté celle d'avant. Il me restait à terminer mon projet. Je pris la corde que j'avais achetée à cet effet, la lançai au-dessus de la poutre maîtresse, et l'attachai solidement. Je fis le nœud qui devait m'emmener loin d'ici puis, je montai sur l'escabeau, passai sa tête dans ce collier auquel je me soumis avec la joie de la délivrance. Un coup de pied chassa ce frêle support et je sentis l'air commençant à me manquer. Je me mis à penser à tous ces enfants. L'adolescence les menait vers des amours et des bonheurs nouveaux, dans ces tourbillons de volupté, sans qu'ils n'aient conscience des douleurs qu'ils pourraient engendrer bientôt. Je mesurai la chance qu'ils avaient d'être encore si candides. Pourtant, les sentiments valaient si peu dans un monde ou tout pouvait basculer si vite, par tromperie, par envie, par ambition et également par notre condition dont l'Etat se chargeait de modifier sans remord le cours, de supprimer le relief enchanteur, de le ternir au point de le rendre détestable. Tout était si aléatoire, si beau un instant et si funèbre le lendemain. Comme j'avais aimé aussi ces jeunes années ! Une larme coula le long de ma joue qui déjà prenait un ton blafard et crayeux ; elle tomberait au sol et il n'en resterait rien. Ma vie se résumait à cette larme effacée par la poussière, bue par la course si rapide du temps, séchée par la vanité, le mensonge et l'arrogance de politiciens préoccupés par leur confort, sans se soucier des drames qu'ils faisaient naître. Dans un dernier souffle, je revécus les heures de soleil, baignées des tendres baisers des femmes que j'avais tant aimées, du joli visage d'Anaïs, chéri jusqu'au bout, en maudissant mes espoirs chaque fois déçus. Il ne me restait rien que les regrets et les souvenirs, rien qui ne puisse valoir de rester ici plus longtemps. Alors j'espérai que le nouveau monde qui m'ouvrait les bras cette nuit serait meilleur.

Du même auteur

D'une rencontre, Books on Demand, 2020

Trio, Books on Demand, 2020